KB145616

각시 버선코

안정순 시집

시음사
시사랑음악사랑

실력파 시인 안정순

문학 작품을 집필한다는 것 그것은 결국 인간의 세상을 들여다보는 일이며 또한 자신의 세상을 관객으로서 들여다볼 수도 있고, 자신이 직접 그 안에 들어서서 주인공이 될 수도 있다. 감성적인 사람과 이성적인 두 사람이 같은 주제를 가지고 詩作을 했을 때 그 작품은 사뭇 다른 견해를 보일 것이다. 안정순 시인은 어떤 감수성과 감성적인 시인일까 하는 궁금증을 한 권의 시집에서 다 보여줄 수는 없지만 풍부한 식견과 견해를 가진 시인의 작품을 이제라도 독자와 함께할 수 있어 기쁘다.

안정순 시인은 보기 드문 실력파 시인이다. 2015 한 줄 시 짓기 전국 공모전에서 대상을 받았고, 2017 순우리말 글짓기 전국공모전에서도 대상을 받아 각 언론사로부터 주목을 받았고, 동료 시인들 사이에서도 부러움에 대상인 시인이다. 지역의 백일장이나 몇십 명 응모하는 곳이 아닌 전국의 수백 명이 참여하는 대회이기에 더욱 의미가 크다. 기라성 같은 전국의 문인 중에는 문학박사, 국문학 교수, 교사, 평생을 시만 써온 수많은 시인과 겨루어 두 번이나 대상을 받았다는 것은 운만 가지고는 안될 일이다. 진정 그만한 실력이 없고서야 불가능한 일이다. 안정순 시인을 표현할 때 구태여 미사여구로 포장하고 묘사할 필요가 없는 순수시인이다.

안정순 시인의 제호 "각시 버선코"는 제목에서 주는 의문과 질문은 잘 그려진 한 폭의 풍경화를 감상하는 느낌이라 신선하다. 시인이 그려놓은 풍경화 같은 작품들을 감상하다 보면 시인의 인생을 훔쳐보는 것뿐만 아니라, 서정적인 허구에서 벗어난 초현실적인 접근법을 가진 예술적 감각도 함께할 수 있을 것이다. 섬세함으로 인간의 미묘한 심리 변화를 시적(詩的) 감각의 묘사를 통해 감각적으로 그리고 있다. 폭넓은 경험을 바탕으로 한 안정순 시인만의 독특한 작품들이 추천할 만하다. 오랜 습작을 하다 이제 독자에게 "각시 버선코"라는 한 권의 시집을 선보이기에 기쁜 마음으로 추천한다.

사단법인 창작문학예술인협의회 이사장 김락호

시인의 말

달빛이 기울도록 버선코만 만지작거리던 새색시는
흰 머리 성성한 지천명을 넘어서고
아버님 어머님 차례로 떠나보내고
아이들 셋을 여우고 나니
어느새 인가 모두가 떠난 빈 둥지에
두 내외만 눈을 껌뻑이며 마주 보고 있더라.
달도 차면 기울듯
썰물처럼 모두가 떠난 빈자리 어찌 그리 크던지
주인 잃은 휑한 방에
어느 때 올지 모를 살붙이를 기다리며
어미의 정성을 녹여
엄동설한 차디찬 구들을 따끈히 데워놓는다.
내 어머니가 그랬던 것처럼!

퇴색되지 않은 감성으로
쌉싸름한 지난 삶을 소중히 간직하며
다가올 은빛 날들은 바람처럼 구름처럼
다 풀어내지 못한 가슴의 언어들
이렇게라도 빛을 볼 수 있게 물심양면으로
도움을 주신 분들께 감사함을 전합니다.
이 글을 읽어 주시는 모든 분들께서도
건강과 행복이 깃드시기를 두 손 모아 기원합니다.

시인 **안정순**

★ 3부 삶, 그리움

★ 4부 꽃과 자연의 소리

제목 : 여울
시낭송 : 박순애

 제목 : 내 얼이 서린 곳
시낭송 : 박영애

 제목 : 빈 지게
시낭송 : 박영애

 제목 : 섶다리
시낭송 : 조한직

 제목 : 왕릉 앞 벚나무
시낭송 : 박순애

 제목 : 고주배기
시낭송 : 박태임

 제목 : 각시 버선코
시낭송 : 박순애

 제목 : 아버지의 무덤
시낭송 : 최명자

 제목 : 태공을 낚다
시낭송 : 김지원

 제목 : 메주의 탄생
시낭송 : 박순애

 제목 : 석류
시낭송 : 박태임

 제목 : 수행의 길
시낭송 : 김지원

 제목 : 운무의 향연
시낭송 : 박순애

1부 자연에 순응하며

세월 속에 청춘은 무르익어

고개를 숙이니 채우고 채운 가슴

두 손에 온기만 가득하여

간밤을 뒤척이던 가을 나그네

이슬 피한 추녀 밑 제집인 양

바다 건너온 해풍처럼 둥지를 튼다.

봄의 길목에 바람이 인다

적막하던 민둥산에
진달래 선홍빛 문을 활짝 열고
길가에 늘어선 목련의
하얀 마중을 받으며
언덕배기 노란개나리
자리를 펴는 봄의 길목

인고의 시간을 빌어
이뤄낸 여린 꿈 하나
저마다 울긋불긋 치장하고서
봄볕을 따라 나선다

종달새 지저귀는 개울가
초롱초롱한 눈망울
기다렸다는 듯 여지없이
속세에 이는 바람
치마폭에 둘둘 휘몰아 간다.

봄을 훔치다

따스한 사월의 봄볕이
양지바른 언덕배기로
자꾸만 등을 떠밀고

마른 가지를 오가는
쥐방울만 한 이름 모를 새 한 마리
뾰롱뾰롱 싱그러운 인사를 건넨다

어제 내린 비에
너풀거리는 머위 순은
찔레나무 밑에 몸을 숨기고

해산한 어미처럼
얼기설기 몸을 엮은 마른 쑥대
종족을 지키느라 새순 위에 누웠다

동네 어귀 기다란 논 귀퉁이
모자를 꾹 눌러쓴 두 아낙은
나처럼 해를 등지고 돌아앉아
바구니 한가득 봄을 훔치고 있다.

왕릉의 정유년 봄맞이

왕포천을 지나는 훈풍은 알까
돌아앉았던 자리 어디쯤인지
기억마저 녹아버린 흔적을 찾아
온 산을 들추며 파고 헤집어

땅속 깊이 고이 잠든 금동대향로
수백 년의 잠에서 깨어 거푸거푸
참았던 긴 숨을 토해낸다

청마산 줄기 따라 흘러내린 능선은
작은 내를 바라보며 발길을 멈추고
세계문화유산 등재 환희의 기쁨
치장을 하느라 여념이 없다

유구한 역사만큼이나 장엄한 무덤 앞에는
굴참나무 태곳적 숨을 고르듯
두덕두덕 마른 거적 온몸에 걸치고서
탄핵한 시국 근엄한 침묵으로 일침을 가한다.

겨울과 봄 사이

밤낮을 오가는 하얀 침묵에도
누구도 말이 없다
미련을 두기엔 너무 와버린 시간
나서자니 문지방이 낯설기만 하다

아침 산마루
동근 햇살의 헛기침에
흩날리던 눈꽃이
낙엽 속에 숨어버리고

어설픈 훈풍에
홍매화 뒤를 따르니
목련의 자태 햇살에 눈이 부시다

살포시 내린 눈에
아지랑이 숨을 죽이고
겨울 문고리 뚝심 하나로 버티고

아침 한기에 두툼한 저고리
정오 발그레한 눈웃음에 옷고름 풀어헤치다
해거름 동토의 미련이 발목을 잡는다.

바람의 언덕

보고 싶었습니다
먼 길을 달려 여기 오기까지
정상을 향해 오르던 길
노루귀며 양지꽃이 줄줄이 뒤를 따른다

한참을 지나 중턱에 올라서니
바람난 여인처럼 치맛자락 치켜들고
남정네를 따라나서는 보랏빛 얼레지
걸음마다 요염한 자태 눈이 부시다

거칠 것 없는 푸른 초원 위
근엄한 모습으로 우뚝우뚝
하얀 풍차 하늘 길을 안내 한다

발아래 저 멀리
점점이 흐려지다 짙어지는 능선들
격하게 반기는 그대 앞에
폐부 속 그리움 조각들
동해를 향해 훨훨 비상한다.

오솔길

서너 뼘쯤일까
대 숲을 가로질러
계절이 드나드는 조붓한 오솔길

실구름 앞세우고
숲속 재잘대는 소리
빠끔히 들여다보노라면

숨바꼭질에 몸을 숨긴 다람쥐
화들짝 놀라 가랑잎 속으로
살며시 꼬리를 당긴다

어머니 타는 속은 알기나 하는지
오솔길 너머 채전 밭
깨알 같은 냉이꽃 멍석꽃이 여유로이

세월의 흔적만큼이나 닳아진
노루와 토끼 노닐다 간
윤기 나는 길을 따라 사뿐사뿐
새색시처럼 봄은 그렇게 오는구나!

왕매미

어둠 속 명줄을 잡고
헤진 명지 기워 입으며
학수고대하던 일곱 해는
모두가 잠든 여름밤
새벽을 가르며 하늘을 열었다

오동나무 꼭대기 신선처럼
푸른 장단에 도포자락 한들거리며
하늘보다 더 높이 수평선보다 더 멀리
긴 설움을 토하듯

구애의 몸짓
목이 터져라, 사랑가를 부르며
혼을 다 한 열나흘을 꿈인 듯
삶 전부를 뜨겁게 달구었다

이삭이 여무는 갈림길에
팔월의 그림자 서글피 밟으며
한발 두발 내딛는 우화의 길이
설고도 애달프구나!

빗소리에 잠이 깨어

홀시어머니 시집살이보다 매서운
팔월의 땡볕은
삭정이 오르는 나팔꽃 순정에도
빈손을 허락하질 않고

업이 된 밭 다랑이 남겨진 촌로의
몇몇 목숨을 앗아가고 나서야
퍼렇던 서슬을 한풀 누그러뜨렸다

깨 바심을 끝낸 어머니의 마당에
잔잔한 빗소리
이른 새벽 설은 잠을 깨우더니

절기를 따라나선 입추 앞에
내치던 이불을 끌어당겨
옹이 된 아버지의 어깨에
화왕지절의 줄을 긋는다.

여름 길목

긴 가뭄에 맥을 잃은 풀잎사귀
간밤에
그리던 임을 품었나 생기를 찾았다

화려하던 봄날은 가고
알알이 그리운 추억만 남아
과거 속으로 사라지고

단칸방 앞뒷문을 열어젖히고
늦은 끼니를 홀로 때우시는
산비탈 엉성한 오두막집

할머니 허리만큼이나 구부러진 내리막길을
할머니를 대신해 이제나저제나
목을 빼고 기다리는 장미꽃을 훑고

마른 바람을 앞세워 설렁설렁
여름은 그렇게 오나 보다.

허수아비의 하루

밀짚모자 하나 오롯이
비바람 몰아쳐도
난 슬프지 않으리

성치 않은 외다리
헤진 등거리에
지푸락 고쟁이면 어떠리

눅눅한 마음
햇살이 벗 해주고
감미로운 훈풍이 외로움 품어주니

숭숭한 소맷자락
참새에게 내어주고
넓다란 파란 하늘
가슴에 담뿍 품으면 그뿐인걸!

몽환

짙푸른 하늘에
속절없이 붉은 저 태양
강물 되어 흐르는 이 속내를
흔적마저 지워버릴 듯
가슴 속을 파고든다

초여름 이글거리는 태양 앞에
기약 없이 널브러져
처연히 서 있는
은사시나무 끝에 초점을 잃고

희미한 기억 저편
몽환 속에 허우적거리는 추억의 파편들
인연의 고리 엮어가면서

투영되어 다가오는 슬픈 밀어
파도처럼 밀려와
온몸을 사로잡는다.

여름은 그렇게 가는구나!

그 옛날 삼복에 어머니 한숨처럼
유난히도 모질던 지난여름
오는 둥 마는 둥
어설픈 장마는 지나가고

여름 끝자락
불볕도 아랑곳없던 달개비
가진 것 전부를 내어주고서
가지런한 두 손에 씨알 금쪽같이
온몸을 다해 지키고 있다

배웅을 하는 건지 마중을 하는 건지
때 이른 코스모스
철모르는 아이처럼 나풀나풀
설렁이는 바람이 마냥 좋기만 하구나

태풍이 휘몰아 간 듯
엊그제 시집간 둘째 빈자리
옷깃을 스치는 바람마저
휑한 가슴 인정 없이 등을 떠민다.

첫서리 오던 날

저녁나절
고신 볏모 가지 사그락사그락
세찬 바람이 일더니
엊그제 질러준 무 잎사귀
파란 밑동에 바람이 들겠다

간밤이 어설펐던지 왕릉의 노송도
먼발치 동트는 햇살 오기도 전
굽은 허리 등을 내밀고

시내 어귀 용역 앞에는
외국인 근로자들 옹기종기
어깨를 움츠리고

주머니 깊숙이
식솔의 안부를 만지작거리며
품어 나오는 입김에
고향의 끈끈한 온기를 나눈다.

지르다 : (사람이 식물의 곁순을) 끊어 자르다

엇갈린 운명

조롱조롱 어머니 팔에 안겨
잔바람에 길 잃을까
한 모금 진기마저 내어주면서
생글거리던 봄날은 가고
산들바람에 너울너울
콧노래 부르던 여름은 그렇게 지나갔다

늘어선 가로수 길
연인들의 진한 입맞춤에
발그레한 연지볼은
가을이 다 가도록 가시질 않고

그림자 길게 드리운 날
물오른 연정 파랑새 찾아 떠난 길

누군가는
언약의 정표 책갈피에 새겨놓고
또 다른 누군가는
스산한 골목을 서성이다
슬픈 운명 체온을 나누며
바스락바스락 서로를 다독인다.

길 잃은 잎새 하나

멋스러운 갈색 깃에
나풀거리는 단풍 빛 스카프
삽시간에 휘달리던 소슬바람
빈 가슴 찾아들까 칭칭 동여맨다

골목을 휘젓는 초겨울 기세
늦가을 슬픈 영혼
휘이휘이 몰아세우며

재촉하는 해 걸음에
채 삭이지 못한 단풍잎 하나
또르르 발길을 잡고서

이 밤 찾아올 한기에
파리한 몸 움츠리며 끔벅끔벅
애절한 눈빛을 보낸다

아! 어쩌나!
길 잃은
저 슬픈 눈동자를

가을밤 음악회

하룻밤 된서리에
꿈을 잃은 은행나무
언저리 파랗게 맴돌던 날

금성산 줄기 따라 흐르던 가을 정취 속
초승달빛 아래 심금을 울리는 러브스토리
온몸을 휘돌아 뜨거워진 눈샘을 자극하고

손끝에서 전해오는 통기타 선율
빛을 잃은 선글라스 너머로
그 삶의 발자취 눈이 부시다

가을밤을 수놓으며
감성을 달구던 허스키한 목소리
애원으로 울려 퍼질 때

어스름 달빛 아래
가로수의 애절한 몸짓
붉은 눈물 뚝뚝 떨구며
첫사랑 메아리 되어 넌지시 손을 내민다.

가을 나그네

어깨동무하던 갈래머리 내 친구
가슴 속에 묻어 둔 그리움
파란 하늘 한 조각 떼어
띄우고픈 아름다운 가을날

냇가랑 집 할매 얼굴만큼이나 쭈그러진
주전자를 들고 좁다란 논둑길을
엄마 뒤를 졸졸 따르던 언년이는
흰 머리 성성한 할미가 되어가고

봄 여름내
산막골 비탈밭을 긁적이던 쑥부쟁이
굳은 다리 주저앉아
짙어가는 황금 들녘 바라보며
눈시울이 뜨거워진다

세월 속에 청춘은 무르익어
고개를 숙이니 채우고 채운 가슴
두 손에 온기만 가득하여

간밤을 뒤척이던 가을 나그네
이슬 피한 추녀 밑 제집인 양
바다 건너온 해풍처럼 둥지를 튼다.

중년의 가을

무서리 짙게 드리운 아침
밤새 내린 비에 한껏 치장하고서
먼동이 터오면 희뿌연 안개 사이로
멋들어진 얼굴 치켜세운다

세월을 등에 업고
고장 난 바퀴처럼 질주하던 반백 년
추레한 어깨에
두 손엔 하늘만 덩그러니

버걱거리는 무릎
앞서자니 발목을 잡고
전차 같은 질풍노도
늦추자니 등을 떠민다

맺은 정이 두터워
먼발치 서성이는 나그네처럼
비에 젖은 나뭇잎 하나
사시랑이 되어 차곡차곡 가을을 접는다.

가을앓이

선잠에 뜬눈은
사립문 밖 밤을 새워 기다린 널
마냥 반길 수가 없구나

뚝뚝
한 방울 두 방울 떨어지는 눈물은
돌아서는 나그네의 슬픈 언저리

계절은 오면 가는 것
너와의 애틋함은 잠시
보내야 하는 시름을 어찌 삭힐까

스산이 부는 바람에
추스르지 못한 마음은
서글픔이 발목을 잡는데

차라리 오지나 말 것을
네 가는 곳 어디인지 몰라도
남겨진 이 마음을 어찌하라고!

억새의 향연

해 질 녘
구름 사이 은빛 광선을 받으며
나부끼는 하얀 숨결

가을 동산 저 멀리
능선을 굽어보며
빛바랜 세월마저 고고하여라

흐트러진 머리
어스름 달빛 아래
결 곱게 쓸어넘기며

거슬러온 바람이 온몸을 휘감아
두 눈을 멀게 해도
흔들리지 않았습니다

가슴에 새긴 사랑
천 번 만 번 되뇌며
티끌마저 비워버린 가슴에
찬란히 빛나는
그대의 맑은 영혼을 담고저

길 잃은 나그네

거친 세상에
푸른 꿈을 안고
밀알처럼 던져진 몸

타는 듯한 무더위도
휘몰아치는 비바람도
젊음으로 당당히 맞서며

봄여름 가을
구슬땀으로 갈고 닦아
이뤄낸 작은 소망

겨울로 향하는 길목에
안간힘은 노랗게 사색 되어
굽은 등에 빨간 멍에를 지고

인연은 바람 앞의 먼지처럼
멀어져가는 뒷모습
소삭한 빈 가슴은
호수에 어리는 만월 같구나!

애가 타다

서리 아침
초주검이 된 은행나무
밤새 놀랐는지 하얗게 상기되어
몰아쉰 숨 내쉬지도 못하고
쥐 죽은 듯 떨고 있다

여물지 못한 가을은
꼿꼿한 수수 모가지 하늘거리며
어설픈 해만 따라다니고

산비탈 굴참나무
첫눈이 오기 전 해탈의 몸짓
소슬바람에 몸을 턴다

바람이 이는 가을 끝자리
옷깃을 여민 입동 앞에
설익은 중년의 가슴은
저무는 가을이 속절없이 애가 탄다.

눈 속에 핀 제비꽃

깊은 밤
문풍지의 파리한 몸짓
날 부르는 것 같아
허둥지둥 나선 걸음 채비도 없이

단속곳에 졸졸졸
해님을 따라다니며
주저앉은 자리 애처롭다

애타는 그리움이야
너만 못지않으련만
흰 눈에 선걸음 어이할고

하얀 눈에 발이 묶여
오도 가도 못한 채
문설주에 찾아든 살바람이
야속하기 그지없구나!

마른 풀꽃

정월보름이 지나고
포근한 햇살 실바람을 따라
빈 가지 사이 두리번거린다

양지바른 산자락에
영혼 없는 춤사위
마지막 이별을 고하듯

쇠눈이 녹은 자리
태동을 느끼며 가냘픈 몸짓
잔바람에 설기만하다

오뉴월 태양 아래
온몸을 사르던 생의 그림자
꽃 진 자리 영혼을 묻고서

한 잎 두 잎 자리를 털며
무심의 한 나그네
정처 없는 길을 떠난다.

하얀 이방인

봄이 가고 여름 길목에
감꽃이 떨어진 자리
풋풋한 가슴 알알이 맺히고

노란 그리움 피워낸 꽃자리
어엿한 솔가지 드리우고
애기불알처럼 송알송알 씨알이 튼실하다

해 저문 길가 우거진 풀숲 사이로
잔바람에 파르르 떨고 있는
때를 놓친 이방인 하나

어디를 가야 할지
갈 곳을 잃었나 파리한 모습
정 많은 내 발목을 잡는다

한잠을 깬 이 늦은 밤이라도
나그네 옷깃에 스쳐
단꿈의 둥지를 틀었으면 좋으련만!

홀씨

갈볕에 물드는 산등성이 바라보며
어울리지 못하는 곧은 성미
더러는 자책도 했었다

흰 눈이 펄펄 내리는 날
하얀 절개 삼라만상 굽어보며
산 골골이 화답하듯
한 올 한 올 건네며 마음을 전하기도 했다

귀지처럼 쌓인 언어
겨울잠에 빠져든 영혼들 숨소리에
말끔히 정제하며
모두가 떠난 자리 홀로 지키며

하얀 숨결 일렁이는 맑은 가슴으로
바람이 지나는 언덕배기 메아리 되듯
새 이름 하나 오롯이 새겨 본다.

즈려밟고

만산홍엽
행복의 나래 펴며
화려했던 날은 한낮 꿈 이런가

황혼 빛으로 물든 마지막 정열
임이 가실 그 길에 흩뿌리며

이슬비에 찹찹한 몸
세상 번뇌 둘러메고
차가운 아스팔트 위에
가지런히 등을 내민다

주섬주섬 못다 한 시간을 거둬
다시 오지 않을 인생의 길 위에
붉은 융단 사뿐히 즈려밟고
훨훨 가시오기를 바라는 맘으로

마지막 잎새

앙상한 가지마다
하얀 눈꽃 송이
청초히 피어나던 날

그리움에 바삭해진 얼굴
한낮 티끌처럼
너울너울 맴을 돌다

이별 예감은
거슬러 오르는 사자를 느끼며
끈적이는 발길 거두어
밭은기침 삼키며 몸을 맡긴다

이젠
추억을 더듬어
돌아가야 할 시간

희망을 잉태하는
모태의 품으로
애긍히 길을 떠난다.

바람꽃

마알간 하늘만 바라보며
하얀 눈에 망부석이 되어
슬픈 눈물 참아냅니다

아침 햇살에 잠이 깨어
뒤척이는 바람 소리
임인 듯 뒤돌아보지만

떨어진 나뭇잎만
인연의 고리 놓지 못한 채
이리저리 맴돌다

임 향한 그리움은
눈물을 글썽이며
산등성이 길을 나섭니다

그대에게 가는 길
가시밭길 망부석이 된다 해도
한 떨기 그대의 향기이고 싶어!

2부 향수에 젖어

덧없는 삶을 베고 누워

숱한 바람결에 그림자만 덩그러니

쉰 나그네 돌아든 빈터에

그을린 부뚜막의 감치던 수제비 한 그릇

마른하늘마저 그렁그렁

뜨거운 눈물을 추스른다.

여물

새벽 첫닭이 울기도 전에
성근 잠에서 깨어
굼뜬 삭신을 일으킨다

밤새
칼바람에 떨고 있을
누렁이를 떠올리며

청솔가지 한 입 베어 문 여물솥 아궁이에
솜저고리 덕지덕지 찌든 세간살이는
할아배의 세월을 토해내기라도 하듯
메케한 송진내를 까맣게 품어내며

잔생의 노고 모락모락 피어오르고
생솔가지 빨갛게 사그라지면
구수한 냄새 여물이 익어갈 즈음

어둠은 물러가고 붉은 영그락에
시린 아침이 달려와
언 몸을 녹인다.

제목 : 여물
시낭송 : 박순애
스마트폰으로 QR 코드를 스캔하면
시낭송을 감상할 수 있습니다.

39

내 얼이 서린 곳 (고향)

호롱불 아래 물레 잣는 까만 밤을
어머니의 비나리 손끝으로 밝혀 들고
짧은 해 처마 끝에 덧대며
아버지 어깨의 쓰디쓴 멍에는
예순의 막둥이
동살 같은 웃음에도 가시질 않았다

하늘의 뜻을 받아 물빛처럼 살아가며
보잘 것도 내세울 것도 없어
잃을 것도 지킬 것도 없던 곳

개울 건너 씨알을 불린 고구마 이랑에
불쑥거리던 숨 고르기는
바지랑대 끝 해를 받치고서야
여섯 고비 어머니의 뼈마디를 가르며
첫울음을 터트렸다

덧없는 삶을 베고 누워
숱한 바람결에 그림자만 덩그러니
쉰 나그네 돌아든 빈터에
그을린 부뚜막의 감치던 수제비 한 그릇
마른하늘마저 그렁그렁
뜨거운 눈물을 추스른다.

제목 : 내 얼이 서린 곳
시낭송 : 박영애
스마트폰으로 QR 코드를 스캔하면
시낭송을 감상할 수 있습니다.

빈 지게

호랑이보다 무서운 식솔의 입에
먹어도 먹어도 끝이 없는 것이
아궁이라 했던가

한 세월이 다 가도록
짊어진 고난의 무게 헐떡이며
뚜벅뚜벅 작대기에 기댄 채

해가 서산을 넘어서고
그림자 태산처럼 높아져도
등이 닳아 군살이 된 업이라
큰 숨 한 번 몰아쉬고
달게 지던 먼 기억 저편

반질반질 손때 묻은 등태
주인을 잃고서
처마 밑에 우두커니 수십 년

나뭇잎도 우수수 떨어지고
몰아치는 서릿바람에
들쑥날쑥 조급한 마음
빈 지게만 뒷동산을 오르내린다.

제목 : 빈 지게
시낭송 : 박영애
스마트폰으로 QR 코드를 스캔하면
시낭송을 감상할 수 있습니다.

41

삽작을 나서면

양 문지기 감나무 사이로
내리막길을 따라
아래뜸을 지나 학교 가던 길

마당 초입 담배 곳간이 있는
궁색한 오두막집 옆으로
우리보다 형편이 나은
강씨네가 살던 번듯한 초가삼간

소태나무 옆 구부러진 돌담을 끼고
마당을 향해 오르면
풀이 무성한 마당 가운데
주인을 기다리는 덩그런 한 장독대

쩌렁쩌렁하시던 그 어머니
꽃다운 청춘 항아리에 남겨 놓은 채
구순이 넘어 요양 길에 오르셨단다

고샅에 불어오는 바람결에
전해오는 세상 얘기 들으며
흙벽이 떨어진 대문간의 큰아들 이름 석 자
어머니를 기다리며
오늘도 아궁이에 불을 지핀다.

내 고향 누룩골

맑은 정기 흐르는 개울을 따라
매봉재를 날개 삼아
함지박 속처럼 인정을 주고받으며
소담하게 앉아있는 초가집들

골짜기 사이로 실개천이 흐르고
내려다보이는 공동 빨래터에선
소소한 이야기가 늘 새어 나왔다

동네 어귀 쌍둥이네 옆
돌담에 둘러싸인 큰 기와집 오빠와
옆집 언니는 얼레리 꼴레리 하다가
시집을 가게 됐다는 소문은
빨래터의 키 큰 고욤나무에
앉아있던 참새가 입방아를 찧었다

오월 수릿날 당골의 정자나무는
투박한 그네를 드리우고
아리따운 아가씨들의 섬섬옥수에
시원한 바람을 가르며 세월을 낚던
내 고향 안누룩골
지금은 어디쯤 있을까!

여명이 밝을 무렵

옹색한 삶
쉴 새 없는 삭신은
무거운 눈꺼풀을 가누며
긴긴밤 베틀에 앉아
설움에 겨운 바딧소리
딸깍딸깍 북실에 풀어낸다

씨줄과 날줄에
간절한 소망 엮어가며
눈물로 지새우던 동지섣달

여명이 밝을 무렵
정갈한 마음
정화수 받쳐 들고
정성으로 합장하면

능선을 타고 오르는 아침 해가
나무 꼭대기 엉성한 까치네
어설픈 문살을 두드리며
새날 새 아침을 알린다.

굴뚝연기

쩌렁쩌렁
대쪽같은 바람이 밤을 휘몰아
갈대의 마른 눈물 하얗게 피워 올리면

추녀 밑 우직한 굴뚝
늙으신 아버지처럼 더 높이 더 멀리
희나리에 입김을 불어넣는다

술래잡기에 머리카락 보일라
짚가리 틈바구니 숨을 죽이며
쥐구멍 드나들 듯 밭은 해가 지면

뽀얀 바지저고리에 말수가 없으신
합죽한 아버지를 대신해
하얗게 목청을 높인다

뜸 들이는 여물솥 아궁이에
당신의 인자한 속내만큼이나
달곰한 고구마 묻어놓고서

함박눈

간간이 남은 이파리
첫눈에 초주검되어 사그라지고
아침부터 나부대던 골바람
진눈깨비를 몰고서
함박눈을 쏟아붓더니

사랑채 처마 밑
시래기 갓만 흔들어 대고서
골짜기 소나무 밑에 숨어버렸다

장독대 하얀 시루떡
어머니 정성만큼이나 쌓여만 가고
빈 나뭇가지 휘청이도록
하얀 설기 받아 안으면

하염없이 다가오는 손짓
뒷동산에 올라 비닐 포대를 들고
날 부르는 것 같아
자꾸만 뒤돌아다본다.

자리끼

뼛속을 휘젓는 허기 밤새 참아내다
아침 이슬이 되어
꽃잎 끝에 맺혔구나

쪽진 검은 머리 하얘지도록
장독대 정화수 한 사발에
업이 된 고뇌 마음 닦고서

볼기짝만 한 떼기밭에
이랑마다 넘실대는 파도는
땀에 전 치마폭 설움을 토해내듯
바람결에 흩어진다

소맷부리 둘둘 걷어붙이고
목선을 타고 흐르는 갈증
허리 한 번 펴고 파란 하늘 베어 물면
해설픈 그림자 어둠 속으로 사라지고

헛헛한 하루
자리끼 한 사발에 시름 달래며 주섬주섬
불거진 뼈마디 노곤한 잠을 청한다.

장마

가문 햇살 아래
바지랑대 끝 널브러진 행주치마
눈물 흥건히 마를 날이 없고

쌀독 빈 종지
달그락달그락 천둥 치니
마른하늘에 쌘비구름 몰려와
응어리진 설움
억수같이 쏟아붓더라

서리서리 업을 엮어
초가지붕 에워놓고
곰삭은 눈물
핏빛 강을 이루니

지붕 위
얼쯤한 호박꽃 손바닥 내밀어
장대 같은 설움
얼기설기 감싸주더라.

섶다리

동내 앞 내를 건너
큰 들을 지나 학교 가던 길
잠뱅이 둘둘 걷어붙이고
생솔가지 척척 등걸이 삼아 내어주시던
아버지의 굽은 등처럼

업이 된 쟁기 등에 지고
당신의 쇄골만큼이나 움푹한
늙은 소 뒤를 따른다

긴 장마에 붉덩물이 넘실거리면
장에 가신 엄니
생선 꼬리 머리에 이고
설운 눈물 훔치시던 삶의 응어리
삽시간에 쓸려가던 곳

냇가에 쓸리는 조약돌처럼
그 어머니가 되어 세월 속에 공존하며
잃어버린 시간 자아를 찾아
아침이면 집을 나선다

시공을 넘나드는 섶다리 너머
내 영혼이 머무는 안식의 낙원
고향 그곳으로!

제목 : 섶다리
시낭송 : 조한직

스마트폰으로 QR 코드를 스캔하면
시낭송을 감상할 수 있습니다.

물레

동지섣달 기나긴 밤
한 서린 눈물 명실에 풀어내며
내가 그인 듯 그가 나인 듯

년 년이 지나도록 기약 없는 낭군님은
장터 명월이 품에 단꿈을 꾸시는지
까마득히 길을 잃고 헤매시는지

긴 한숨으로 잣은 명실
무탈함 호롱불에 소지(燒紙)하며
곱던 얼굴은 간데없고 피골은 상접이라

이 풍진세상 주거니 받거니
탄식의 푸념만큼이나
질긴 삶 꾸리 쌓여만 가고

행주치마 눈물 마를 새라
꼬끼오 홰치는 소리 먼동이 터오면
아궁이에 온밤을 태워
안방의 노모님 이른 조반을 올린다.

향수에 젖어

서산마루 태산을 이끌어
하루의 허물을 말끔히 벗어 던지고
이백여섯 뼈마디 풀어헤치며
민 나신은 바다 위에 눕는다

아득한 기억 저편 초점을 맞추고
어김없이 다다르는 그리움
하늘만 덩그런 한 동네 한 바퀴를 돌아
잣나무 숲 우거진 뒷동산에 오르면

구슬픈 매미 소리에 세월을 달래 보내고
풀숲 개울가 소를 뜯기면
조막손에 몸을 맡긴 왕눈이 고맙다는 듯
긴 꼬리를 흔들며 들창코를 벌름거린다

송사리 떼 노닐던 맑은 시냇가
올올이 묶은 시름 체에 거르면
조금은 가벼워진 날개
버섯구름 사뿐히 몸을 싣고서

그리움 포말 되어
사각사각 솔바람 소리 자장가 삼아
엄마 품에 스르르 꽃잠이 든다.

등태

올망졸망한 자식들과
더부살이까지 줄줄이
허기진 배 눈물로 채워가며
긴긴밤 호롱불 아래
서리서리 꿈을 엮던 시절

채 여물지 않은 삭신에
다리가 휘청이도록 버거운 등짐은
어깨너머 사서삼경을 읊으며
한이 된 설움 희망의 날을 벼렸다

인생은 고진감래라고 했던가
고희를 넘어선 겨울 초입
뜨거운 눈물 목울대를 넘기며
올올이 지푸락에 설움을 토해
윤택한 삶 여유로 이 엮어

쇄골이 움푹하시던 그 아버지가 되어
주인 잃은 빈 지게 새 옷을 입힌다
영혼마저 젖어버린 세월
훨훨 훨훨 벗어버리자고!

까치밥

집으로 향한 걸음
빈 도시락 달그락달그락
허기진 배를 재촉한다

십 리도 넘던 길
새벽 같은 아침으로
주머니 속 시린 귓불을 녹이며

책 보따리 허리에 매고
하얀 서릿발 아삭아삭 밟으며
그 먼 길 한달음에

머리에 뿌연 서리 내리고
가슴으로 키우던 꿈
마른 감나무 꼭대기 덩그러니

이제야 돌아보니
파란 하늘 맞닿은 산등성이
잦은 콧물 훌쩍이며 연 날리던
그 시절이 행복이었네.

겨울밤

군불로 지펴진 옹색한 구들방
문풍지 사이로 들어온 황소바람
제집인 양 온방을 휘젓고

따끈한 아랫목엔
늙으신 아버지 굳은 허리를 지지시며
한 모퉁이 고구마 퉁가리
시린 겨울을 묻어간다

살얼음 진 동치미에
무쇠솥에 넉근히 무른 달곰한 고구마
긴긴밤 허기를 달래며

볏짚에 숨바꼭질 해 가는 줄 모르고
희미한 호롱불 아래 졸린 눈을 비비며
몽당연필 침 발라 숙제를 몰아치고서

그렇게 겨울밤은 술래가 되어 헤매다
구들이 서늘히 식어갈 즈음
하얀 가지 위에 부지런한 때까치
늦은 아침을 깨운다.

수침동 팽나무

삼백 년을 호령하던 패기는 한낮 꿈 이런가
기억마저 놓은 채
아흔아홉 골짜기 사연 두덕두덕 두르고서
돌담에 둘러싸여 바람마저 숨을 죽인다

마을수호에 잘려나간 팔다리
저승사자처럼 지그시 기운 몸을 지탱하며
굳어버린 시간 목상이 되어
천년을 이어온 맥을 사수한다

그 옛날
미역을 감던 각씨쏘, 신랑쏘는
여전히 박쥐골 앞으로 흐르건만

생기 없는 수침골 팽나무
정오 뙤약볕에서도
서너 개 남은 머리카락 곧추세우며
퀭한 눈에 미동도 없이
마을 어귀를 쏘아본다.

아버지의 하얀 고무신

하늘빛 닮은 가슴 낙숫물에 흐려질까
동네 꼭대기 집 마당 옆으로 흐르는
개울 빨랫돌에 앉아
땡볕에 그을린 아버지의 세월을 닦듯

아버지의 하얀 고무신
얼굴을 비춰가며
지푸락 돌돌 말아 닦고 또 닦아서

앞산이 훤히 보이는 방문 앞
볕이 잘 드는 흙마루 끝에
가지런히 세워놓으면

지나가던 뭉게구름 제집인 양
뽀얀 신발 속에 잠시 졸다가
외양간 누렁이 긴 하품에 화들짝 놀라
쪽잠에 깨어 두리번거린다.

새벽 풍경

오월도 중반을 치닫고
모내기에 바쁜 농부들
곤한 몸 깊은 잠에 빠져들 시간

가뭄에 단비가 온다는 일기는
초저녁부터 초롱초롱한 별이
이슬마저 보송보송하고

새벽녘
나처럼 밤을 설친 개구리
써레질한 논에서 동이 트기를 재촉한다

그 맘을 아는지 모르는지
가로등 불빛 아래 밤도 잊은 채
양귀비 간들거리는 춤사위 물이 올랐다

설렁이는 바람은 비를 모느라
서쪽 하늘가 검붉게 물들이고서
잠 못 이루는 밤 하나둘 관객을 불러들인다
새벽을 뒤척이는 감꽃 한 송이마저

자연에 순응하며

성미 급한 봄나물 추위를 견디느라
햇살 아래 언 몸을 붉게 달구고

털옷으로 무장한 내 앞에
이름 모를 작은 꽃 한 송이
빙그레 발밑에 웃고 있다

따뜻한 아랫목에 엄살을 떨고 있는 사이
혼삿날 잡아놓은 우리 둘째처럼
목련의 맵시 반지르르 곱기도 하여라

긴 겨울
타협을 모르던 마른 갈대
새순에 떠밀려 자리를 빼앗겨도
누구도 탓하지 않는 자연에 순응하며

봄은 그렇게
동토의 묵었던 시간
실개천으로 흘려보낸다.

왕릉 앞 벚나무

제목 : 왕릉 앞 벚나무
시낭송 : 박순애
스마트폰으로 QR 코드를 스캔하면
시낭송을 감상할 수 있습니다.

봄이 오는가 싶더니 세찬 바람을 앞세워
흩뿌리는 눈발이 얄밉기까지 하다
알몸으로 겨울을 보내며
너울거리던 소맷자락은 동태가 되었는지
신음 하나 없고 깊은 숨소리만 드문드문하다

하기야 그럴 만도 하겠지 그 두툼한 허리춤을 보니
보내고 보낸 겨울을 셀 수나 있겠는가!
세월도 노(老)하여 철이 오가는 것도 모를 것을

옆구리 몇 번 긁적이면 봄이 가고
서너 번 바람에 덩실거리다 보면 여름 가고
온몸에 열병이 돋아 몸져누우면
정신없이 문안 인사 받다가 가을도 저만치 가는 것을

겨울이라고 별것인가 육신이 노쇠하여 찾는 이 없어도
양지 좋은 편편한 잔디밭에
소맷부리에 양손을 녹이며 살풋 졸다가
오가는 이들의 귀동냥이나 하면서 소일 삼고

밤길 신작로 눈먼 고라니에 놀라
자동차 경적에 며칠 밤낮을 몸서리치다 보면
발밑을 간질이던 춘심이가
만산에 꽃향기 뿌려놓고 생일잔치를 벌여준다지
세상사 그만하면 더 바랄 게 있겠는가!

59

산비탈 밤나무

아침이면
안개만 조용히 쉬어 갈 뿐
까칠한 성미도 마다치 않고
두어 마디 말벗해주는 이웃에게
꼭꼭 숨겨두었던 목숨 같은 전부를
한 알 두 알 내어주었다

뒷동산의 들국화
하얗게 피워 올리던 날
모퉁이 돌아들던 길

서릿바람이라도 찾아들면
빈 가지 더듬더듬
빛바랜 마음 한 잎
정성으로 쥐어 보내고

동지섣달
등을 떠미는 거센 회오리
쇠 달구듯 다그치면
가지 끝 앙상한 허물만 꺼이꺼이
잔바람에 들썩거린다.

고주배기

한 때는 창공을 향해
푸른 신념 하나로 기백을 펼치며
두려울 것도 거칠 것도 없이
청춘을 호령하던 날도 있었다

감미로운 햇살에 꼬물꼬물 따라 나와
종달새 사랑가에 너울너울 춤을 추며
해가 가고 달이 가는 것도 몰랐었다

하늘의 숭고한 사랑 온몸으로 펼치던
유수와 같은 세월은 한낱 꿈 이런가
하나둘 살붙이는 떠나가고
빈 둥지에 앙상한 허물뿐

냉기만 감도는 겨울 산 언덕배기
비바람에도 차이는 신세가 푸대접이라
푸른 이끼 덤으로 얻어 입고서

살가운 햇살이 어루만져보지만
시리 죽은 송장처럼
너덜거리는 마른 잎 하나 끌어안고
자장가인 듯 윗바람 소리 들으며 토닥인다
내 어머니가 그랬던 것처럼!

제목 : 고주배기
시낭송 : 박태임

스마트폰으로 QR 코드를 스캔하면
시낭송을 감상할 수 있습니다.

61

진눈깨비

오락가락 진눈깨비에
어설픈 하루가 뉘엿뉘엿
서산을 향하고

남새죽으로 끼니를 때우며
오순도순 화롯불에 둘러앉아
헤진 버선코를 깁던 어스름 저녁

숭숭한 문틈 사이
식솔들의 구순한 정담은
희미한 불빛 따라 웃음꽃을 피워내건만

끊어진 연실처럼
둥지를 잃고 떠도는
애설픈 영혼의 하얀 그림자

온기 가득한 초가지붕 아래
혹여 인정에 녹아지려나
살포시 기대어본다.

눈물이 난다

거뭇거뭇한 세월의 흔적
빛바랜 얼굴에 고스란히
맺은 정이 깊어 삼수갑산 함께하잖다

중천에 해를 훌쩍 넘기며
뙤약볕에 고랑마다 땀방울 심고서
울며 기다리고 있을 젖먹이를 떠올리며
호밋자루 내던지고 단숨에 달려오신 그 옛날
자식들 허기 채우느라 가득했던 젖무덤이
빈 허물 뿐 한 줌도 남아있지 않았더라

얼마나 고달팠을까 그 세월이
넌지시 바라보는 눈가에
촉촉이 눈물을 훔치시던 내 어머니
까마득한 청춘 삭아내려 생기 잃은 표정은
가슴으로 흐느끼는 눈자위를 알겠더라

채 남지 않은 삶 허심평의(虛心平意)하여
내민 얼굴이 그저 고맙다며
다시 온다는 말을 남기고 돌아서는 두 눈에
뜨거운 눈물 하염없이 주체할 길이 없더라.

각시 버선코

우물가 물동이 머리에 이고
부푼 젖가슴 앞섶 사이로
봉긋이 솟아오르면
달구어진 연지볼은 수줍은 듯
살며시 치맛자락을 여민다

뒷산 매봉재
나무가 몸져누운 건지
신령님의 조화인지
나뭇짐은 삽시간에 한 짐이나 되어
새색시처럼 등에 업고
산등성이 단숨에 내달려
뉘엿뉘엿 해가 서산을 넘을 때쯤

고된 세월만큼이나 어설픈 찬거리
정성으로 봉양하고 나면
건넌방 덩그런 한 어머니와
도란도란 추억을 깁느라
하얀 달빛이 기울도록
꽃 각시 애먼 버선코만 만지작거린다.

제목 : 각시 버선코
시낭송 : 박순애

스마트폰으로 QR 코드를 스캔하면
시낭송을 감상할 수 있습니다.

아버지의 무덤

정적이 드문 깊은 산골짜기
어쩌다 전생의 살붙이라도 찾아들면
온 산에 마중하는 새들의 노래
구슬피 울려 퍼지는 공원묘지

세도가의 저승길은
권세만큼이나 석축을 높이고
놓아버린 명줄에도 지킬 것이 많은지
양 문지기로 보초를 세운다

어설픈 세간살이만큼이나
나지막이 터를 잡고서
비단 같은 마음 하나 천심으로 살아오신
아버지의 옹색한 무덤 앞에는

사철나무 우직하게 주인을 지키고
두어 개 남은 이를 드러내며
웃으시는 아버지처럼
하얀 배꽃 허허허 웃고 있다.

제목 : 아버지의 무덤
시낭송 : 최명자
스마트폰으로 QR 코드를 스캔하면
시낭송을 감상할 수 있습니다.

당골 정자나무

지표를 알리는 맨 꼭대기
첩첩이 둘러싸인
산들의 정기를 받으며
수백 년은 족히 되었을 듯

세월만큼이나 수양을 하며
공덕의 대가 살점을 내어주고서
하늘을 덮고도 남을 후덕함은
거죽만 남은 텅 빈 속마저
정오 파란 하늘 낮잠을 허락한다

까마득한 기억 속
단오그네를 타던 코흘리개
나를 기억이나 할는지

강산을 굽이굽이 돌아든 지금도
뼛속까지 녹아든 그리움
난 이렇게 떨쳐내지 못했는데

망개떡

그 옛날
기억마저 흐릿한
추억 속의 망개떡

늦은 귀가에
달랑달랑 들고서
당신 주려고 사왔단다

어머님 빈자리
아이들도 품을 떠나고
당신에게 잘해 줄 일만 남았다며

툇마루에 마주 앉아
진작 더 잘해주지 못해
미안하다면서

회한의 삶
멀어져가는 세월의 뒤안길
쓸쓸히 뒤돌아본다.

3부 삶, 그리움

이별의 슬픔 앞에

떠나보내는 마지막 인사

온기 가시지 않은 두 볼을 비비며

길을 막고 온몸을 에워싼 들

이승과 저승의 골이 깊어

건널 수 없는 무력한 신세

설움 섞인 눈물 자국자국 떨구며

굽은 등에 백발의 노파 끼이끼이

망자를 따라 뒷동산을 힘겹게 오른다.

통증

설익은 단풍
서릿바람에 몸을 사리고
누런 들녘이
하나둘씩 가을을 거두면

부지런한 개미
궂은 날 무너진 굴뚝 역사를 이루듯
가쁜 숨 허리띠를 고쳐 맨다

스산한 나뭇가지 농익은 홍시처럼
묵직한 달빛 하얗게 차오르면
백발의 촌로
고단한 몸 하루를 접고서

용을 쓰던 뼈마디 툭툭 불거져
밤을 설친 신열에 뒤척이던 통증은
동창이 밝을 무렵
보리까락 같은 눈을 어설프게 붙인다.

유월 밤의 궁남지

한낮의 열기를 삼키고
밤빛을 드리운 궁남지에
포룡정의 반영 잔잔히 화답하면

늘어진 수양버들
수많은 사연 올올이 풀어헤치며
고요한 밤바람에 흔들흔들
무거운 몸을 추스른다

버드나무 아래 새어 나오는
야밤의 쪽빛 보일 듯 말 듯
지아비와 손잡고 거니는 연꽃 길을
버들가지의 낮 이야기
도란도란 줄지어 뒤를 따르고

황소개구리 사랑가에
닫힌 가슴 마음을 열고
한 쌍의 원앙 그네를 띄우니
이슬 머금은 연못에
초록의 소반 위 수련의 미소
하나둘 청초히 피어오른다.

비 비린내

오랜 가뭄에
삼거리 주막집 아지매 허리를 꼬듯
파종한 옥수수 몸을 비비 틀다
밤새 내린 단비에 숨을 고르고

분칠한 노란 장독대
묶은 때를 벗고서
눈부신 햇살에 반지르르
미끈한 몸을 드러낸다

이팝나무 머슴 밥사발도
짤짤 흔들어 놓고
아카시아 진한 향기
툴툴 보쌈해가도

엊그제 심어 놓은 모종새
힘찬 기지개에 너의 비릿한 향기
지그시 가슴으로 품어 본다!

태공을 낚다

어둠을 허리에 감고
부소산을 휘돌아 흐르는
백마강에 밤이 오면
고란사 천년송에 요염히 걸터앉은
명월이 품에 오롯이
만리장성에 밤을 잇고

인(寅)시의 목탁 소리
또르르 물비늘에 모여들면
암벽을 미끄러질 듯
육각의 도도한 위풍
백화정을 품에 안는다

어와둥둥 흥타령에
유유히 흐르는 물길 따라
백제의 얼을 전하는 사공이 되어
용왕의 자맥질 뒤로
백강나루 봄볕에 졸고 있는
무심의 한 태공을 낚는다.

제목 : 태공을 낚다
시낭송 : 김지원
스마트폰으로 QR 코드를 스캔하면
시낭송을 감상할 수 있습니다.

왕릉 소나무

풍채로 보나 연륜으로 보나
자식을 두 죽 하고도
예닐곱은 낳았을 법한 허리
대궐 마당 터줏대감 앞에서도
곧추세운 위용 위풍이 당당하다

꺼져가는 희망 속에도
정의를 잃지 않던 대쪽 같은 절개
정든 땅 뒤로하고 어이하여 왔던가

새벽 찬 서리에 갈 곳을 잃고
허허로운 나뭇가지
스산한 바람이 휘몰아치던 날

청초롬한 머릿결 고이 다듬어
왕릉 잔디밭에 고쳐 앉은 매무새
숭고함이 눈이 부시다

백제의 찬란한 역사 앞에 머리를 조아리며
초록의 영혼이 퇴색되는 날까지
예를 다 하겠노라고 굳은 다짐을 한다.

들고 난 자리

작년 이맘때쯤
하얀 솜덩이처럼 굴러들어 와
갖은 재롱을 부리며
집안 가득 웃음꽃을 피우던 너

서울 토박이 큰 사위 단짝이 되어
여름 가을 겨울을 보내며
정겨운 추억을 선물 했지

새봄이 돌아와
지난해 심어 둔 앵두나무
새싹이 돋기도 전 밑동까지
처참히 짓밟아버리기 전까지는

오가는 사람 격하게 반기며
천만년은 살 것 같던 철판집도
이리저리 끌고 다니며
주체할 수 없는 기력을 발산했지

널 떠나보내던 날 휑한 마당 가
장독대 옆 노란 수선화도 나처럼
고개를 숙이고 훌쩍이고 있더라!

춤추는 언어

어둠에 갇혀버린
빛을 잃은 영혼
엉킨 실타래를 풀 듯
가슴에서 가슴으로 흘러든다

가슴 언저리 숨죽이며
의미를 망각하며 지샌 날들
봄볕에 피어오르는 아지랑이처럼
원기의 실체를 드러내며

사뿐사뿐 춤사위
온몸을 휘감는 무언의 정적
한 겹 두 겹 벗어내며
환상의 자유를 누빈다

체증처럼 갈망하던 비상
얼마나 그리웠던가
손꼽아 기다려온 이 순간을!

이별

검은 머리 파뿌리 되도록 함께하자던 맹세
산수연을 지나 기억마저 바랬는지
잦은 기침은 예견된 듯
저승의 문을 두드리는
처절한 장송곡이 될 줄을

가야 할 길이 아직 멀어
혼자서는 보낼 수 없다고
통곡하며 애원해 보지만
명줄을 놓아버린 망자 앞에
그도 한낱 부질없는 탄식인 것을

이별의 슬픔 앞에
떠나보내는 마지막 인사
온기 가시지 않은 두 볼을 비비며
길을 막고 온몸을 에워싼 들
이승과 저승의 골이 깊어
건널 수 없는 무력한 신세

설움 섞인 눈물 자국자국 떨구며
굽은 등에 백발의 노파 꺼이꺼이
망자를 따라 뒷동산을 힘겹게 오른다.

낙엽의 회고

정든 임을 만난 목련 처자
봄 햇살 따라
꽃가마 타고 먼 길을 떠나고

짝 잃은 박태기
못 믿을 사랑에 마음을 닫고서
빨간 그리움 조롱조롱 피워 올릴 때

담장 넘은 장미꽃이
포근한 임의 품에 안겨
빙그레 웃는 것도 몰랐었다

팔월의 태양 아래
황혼 빛으로 물들이던
청춘의 빛나는 갈채

가슴속에 타오르던 정렬
그것은 바로 내 안에 그리던
바로 당신이었음을!

왕 대추 한 알

뒤늦게 철든 막내둥이
어머님 살아생전 뜨거운 후회로
하루하루를 살뜰히 보필하며

밤이면 가로등 밑 흐린 기억을 헤매며
건너 방에 자고 있을 막내를 기다리던
어머님은 간데없고

그 맘도 내 맘인 듯
말랑말랑한 홍시 손에 들고
주인 잃은 휑한 방에 서성거린다

밤이슬 맞으며
애단 구절초를 뒤로
하얗게 기다리시던 어머니처럼

달아오른 취기만큼이나
잘 익은 대추 한 알
빙긋이 웃으며 넌지시 건넨다
당신 주려고 꼭꼭 숨겨왔다고!

세월이 가면

여름이면 어머니 손길처럼
장독대를 지키는 봉숭아
세월이 흘러간들
붙박이 된 맘 어디 가겠는가

섬돌 위 까만 고무신은
오지 않는 주인을 기다리다
세월에 녹아내려
흔적마저 주인을 따라 떠나고

금이야 옥이야 어루만지며
마디마디 혼을 담아 빚어낸
나의 분신

비옥한 땅에 뿌리를 내려
휘몰아치는 태풍에도 의연할 수 있는
잔잔한 덕망으로

큰 들의 느티나무처럼
세월도 바람도 쉬어갈 수 있는
그늘을 드리울 수 있었으면

아름다운 배려

쏟아지던 장대비
간간이 숨 고르기를 하자
퇴근길 골목을 오가는 발길이 바빠진다

엊그제도 그랬던 것처럼
군복을 입은 두 청년 사이
자전거와 셋이서 길을 걷는다

높고 낮은 어깨를 나란히
한 손에는 우산을
다른 한 손엔 자전거를 끌며
우산 속 하루의 정담이
도란도란 새어 나온다

바짓가랑이 둘둘 걷어 올리고
뚜벅뚜벅 걷는 곁을 쌩하니
거추장스러운 배려
붉덩물에 흘려보냈는지

흥건한 빗물 분수처럼 튕기며
택시 하나 삽시간에 지나간다
마치 달아나는 강도처럼!

빗속을 거닐며

쏟아지는 장대비를 맞으며
부푼 그리움 안고
너를 향해 걷는다

몇 십 년을 거슬러
갈래머리 하얀 깃을 세우고
저만치서 날 기다릴 것만 같아

전화기 너머
긴 세월을 달려온 너의 목소리
두방망이질 치는 가슴은
꿈인지 생시인지

하늘과 땅 사이 잊었던 그리움
눈물 콧물 범벅이 되어
장대비마저 요동을 치는구나

첨벙첨벙
발끝으로 전해오는 그리움
온몸을 휘감아 흘러넘쳐도
오늘만은 널 개의치 않으리!

꽁초

한때는 백옥 같은 미끈한 몸매에
마법 같은 네 향기에 매료되어
널 품었던 수많은 남정네의
황홀했던 하룻밤 꿈처럼

타오르는 네 욕정에 못 이겨
세상을 등진 이도
뜨겁던 사랑에 후회는 없으리라

가슴 속을 휘젓던 너만의 진한 향기
어느 여인인들 너를 대신할까
살아 숨 쉬는 날 동안
다시는 오지 않을 청춘 온몸을 사르며
삶 전부를 걸었던 너

뜨거운 입맞춤에 멎어버린 심장은
뿌연 연기 사이로 사라지고
신작로 널브러진 너의 씁쓸한 뒷모습
모퉁이를 지나는 쓸쓸한 바람마저
사정없이 훑고 지나간다.

검버섯

쪽진 검은 머리 곱게 빗어 넘기고
설움 배인 광목치마
실오라기 하나 고개 들까
갯물에 달궈 매질하여
칠흑 같은 가난 개울에 흘려보내면

회향하는 연어처럼
저만치 멀어진 듯하다
청춘이 다 가도록
끈덕지게 달라붙는다

긴 겨울 먼동이 틀 때까지
흐느끼는 물레 잣는 소리에
무던히도 흘리던 눈물은
거뭇거뭇한 생채기로 눌러앉고서

사모관대 한 번 못써본
늙수그레한 아들 신세에
애간장이 녹아내리는 늙은 어미의
움푹 팬 얼굴에
근심 하나 까맣게 타들어 간다.

삶의 의미

저 지난 겨울날 꽃가마 타고서
양지바른 뒷동산으로
만장을 따라 어머님 떠나시고
그 빈자리
듬직한 사위를 보내셨다

세상에
한 번 왔다 가는 인생살이
어찌 그리 고달프던지
짙게 배인 설움과 삶의 응어리
삼라만상에 흩뿌리고
너울너울 가셨으려나

보낸 슬픔도 잠시 한 생이 저물고
또 다른 생을 고하는 태동으로
새 생명의 심장 소리 하늘을 울린다

까마득하던 그 어머니의 모습으로
그 길을 향해 걷고 있는 나
내가 그랬던 것처럼
아들과 딸들이 정숙히 뒤를 따른다.

그만큼의 거리에서

흘러간 어제는
억만금을 준다 한들 되돌아갈 수 없듯
부푼 꿈이 다급한 손을 내민다 해도
영원히 다가갈 수 없는 내일인 것을

내게 주어진
오늘이란 소중한 시간 속에
서산을 넘는 무거운 그림자
한마디 말도 건네지 못한 채

가깝지도 않고 멀지도 않은
그만큼의 거리에서
건널 수 없는 인연의 강가에
돌아서는 뒷모습 멍하니 바라만 볼 뿐

창백한 얼굴에 뜨거운 눈물 삼키며
애달픈 손짓만 허공에 맴돌다
무정한 하루는 오늘도 그렇게
과거 속으로 의연히 여울져 간다.

내가 있음에

한겨울 세찬 눈보라 등을 떠밀어도
혹한을 품을 수 있는 의연함은
햇살 고운 새봄에 연둣빛 희망이
기다리고 있기 때문이리

설산에 산까치 임을 찾아 노래하고
몰아치는 한파 강물을 동여매도
태산을 녹일 수 있는 가슴이 있기에
내가 있음에 행복한 이유인 것을

좋은 사람들과 온정을 나누며
서로 보듬는 넉넉한 행로
조금 더디 가면 어떠리

언젠가는 다다를 종착역
무얼 그리 서두르는지
팔도강산 유랑하며 자분자분 걸어도
때는 그리 늦지 않는 것을!

깨 타작

생이 다하여 검불이 된 몸
한낮이 되도록 안개를 이불 삼아
땡볕 아래 송장처럼 누워

깨알처럼 영근 한을 풀 듯
부지깽이로 두드리며
절구통에 메치기도 했다

두 팔을 걷어붙이고
급기야
친정 피붙이를 불러 세워
곤욕을 치르고서야

쇠뿔처럼 박힌 흔적마저
키질에 고리를 끊고서
질긴 장송식은 막을 내렸다.

사랑이여!

안개가 자욱한 아침
옷깃에 스며드는 이슬처럼
갈잎에 남기고 간 그대 숨결
그대를 느껴 봅니다

하늘빛 진한 그대 향한 그리움
산 골골이 무지갯빛으로 짙어
한 잎 두 잎 떨어지고

그리움에 물든 가슴
소슬바람 훑고 지나면
그대 그리운 난 어찌하나요

사랑이여!
금빛처럼 부서진 가을 햇살이 우수수
그대 앞에 낙엽 되어 흩날리면

그댈 부르는
내 손짓이란 걸
정녕 그대는 아시는지요!

그리움 되어

나뭇가지에 걸린
그리움 조각들
시절을 다한 듯
한 잎 두 잎 떨어지고

바람에 나풀나풀
손짓하는 나뭇잎은
당신을 사모하는
애달픈 몸부림인 것을

그리워 가슴 애이며
하얀 밤 눈물지며
지새웠던 지난날들

닿을 듯 말 듯 한 곳에
스치며 주고받는 무언의 안부뿐

쓸쓸한 바람 불 때면
흐릿해진 그리움 조각들
밀물처럼 밀려오네요.

신발 두 짝

굿은 장마가 지나고
장롱의 묶은 공기를 거르다
문득 눈에 띈 낯익은
쪼끄만 신발 두 짝

오랜 기억을 거슬러 함박웃음 지으며
아장아장 두 팔 벌려 안기던
세상에 둘도 없는 내 사랑

목젖이 보이도록 깔깔대던 너의 모습
하늘의 천사에 비할까
젖 냄새 풍기던 두 눈은
하루의 피로를 말끔히 씻어주고
널 위해서라면 지옥 불인들 마다하겠는지

슬픔도 외로움도
치닫는 세월 속에 묻혀
신음마저 숨죽이며 지켜온 보금자리
작은 손짓 하나가 쓸쓸한 뒤안길
상념에 서성이게 하는구나!

봉주르 여름밤

늦은 밤 고목 사이로
살며시 내려앉은 보름달
둥그렇게 앉아있는 모닥불 가
하나 남은 빈자리를 채운다

기와지붕 위
세월의 흔적을 따라 별똥별처럼
돌담을 타고 흐르는 카페의 선율

봉주르밤을 수놓는 색색의 별무리
팔당호 잔물결 위에
중년의 아스라한 추억을 뉘인다

기억 저편 멀어져간 기차 소리
연인들의 아쉬운 발길을 더듬어
강가를 걷노라니

칙칙폭폭 칙칙폭폭
여름밤 추억을 꿰는 거미 한 쌍
둥근 달빛 아래 너울너울 그네를 탄다.

지금의 내가 있기에

세상을 향한 힘찬 도전은
굴하지 않는 역경 속에도
청운의 꿈을 안고
주경야독에 졸린 눈을 비벼가며

내일의 꿈이 있기에 부정보다 긍정을
할 수 있다는 열정 하나로
고난도 달게 맞서던
내 삶의 소중하고 아름답던 시절

빠듯한 인파 속 하루를 떠밀리듯
저문 달빛도 기울지 못하고
고된 몸을 부추겨주던 아련한 기억들

돌이켜보면
몸에 밴 근면과 성실에 올곧음이 있었기에
지금의 나
여기에 이렇게 서 있네.

삶은 기다리는 것

삶의 긴 여로에
외로움이 파도처럼 밀려오면
그리움 한 조각 베어 삼키며
설은 걸음 떨쳐 냅니다

거센 눈보라가 몰아치는 날이면
꽃 피고 종달새 지저귀는
햇살이 포근한 봄날을 그리며

아이들이 어렸을 땐
번듯한 성년이 되어주기를
몸과 마음을 다해
소망하며 꿈을 꿉니다

굽이굽이 넘던 고갯길
움푹 팬 얼굴엔
검은 머리 빛바랜 하얀 세월만이

장작불에 생선 꼬리 구워놓고서
이제나저제나 진종일 누구를 기다리는지
동네 어귀 바라보는 백발의 노모처럼!

메주의 탄생

비나이다 비나이다
천지 신령님 전 비나이다
못난 부모 넋이라도
대 이을까 노심초사

이내 몸 영혼마저 쏘시개 되어
자식 앞길 등불이 되면
타닥타닥 당신 앞에
감사의 노래 부르겠나이다

가래로 파고 쓸어 덮어도
묻히지 않는 심지
알알이 한이 서린 그 설움

가마솥에 혼을 다려 손끝으로 정성을 빚어
바람이 지나는 처마 밑
간간이 햇살에 눈물 훔치다
이 육신 곰삭아 영혼의 향기 피어오를 때

원도 한도 없는 이 한 몸
당신 앞에 고이 바치오리다.

제목 : 메주의 탄생
시낭송 : 박순애
스마트폰으로 QR 코드를 스캔하면
시낭송을 감상할 수 있습니다.

94

처음 그날처럼

어머니 자궁 속 탯줄을 끊고
세상 빛을 처음 보던 날
무엇이 두려워 그리도 울었던지

이 풍진세상
반백년을 살고 보니
그 의미 조금은 알겠더라

멀쩡한 사지육신이면 족하다 할까
중턱에 앉아 되짚어 바라보니
헐떡이며 오르던 태산 같던 그 고지
바로 내 안에 있더라

족쇄 같은 멍에
하나둘 벗어버리고
머지않아 다 달을 그곳
티끌처럼 날아갈 수 있지 않겠는지
이 세상에 오던 처음 그날처럼!

함상 카페

언제쯤인지 병사들이 떠나버리고
뜨거운 숨소리만 간직한 채
멎어버린 시간

679 퇴역함의 거룩한 위용으로
퍼런 바다에 발을 묻고서
가슴 뛰던 기억마저 내어주었다

군함의 역사만큼이나 녹슨 계단 아래
비좁은 침상에 앉아
워커 끈을 풀던 밀랍 병사는

칠흑 같은 바다에
아들 생각에 잠 못 이루시는
고향의 어머니를 떠올렸으리

저 멀리 수평선 너머
뱃고동 소리 들려올 듯
주인 잃은 빈 바다는
잔잔한 파도만 불러들인다.

벽시계

이른 새벽 잠에서 깨어
창문으로 스미는 새벽 공기
잠자던 영혼을 깨운다

재깍재깍 재깍재깍
벽 귀퉁이 붙박이 되어
시집온 날부터 몇 십 년
제 일만 묵묵히 하면서

먼지나 쌓여야 가끔
쓰다듬는 무심함에
추도 고장 난 지 오래

오랜 세월 동고동락하며
나와 함께 늙어가는 널
까맣게 잊고 살았구나

그리 아파도 내색도 없이
시간은 딱딱 맞추니 내칠 수도 없고
어쩌면 너도 그렇게 나를 닮았니.

4부 꽃과 자연의 소리

솔밭 사이 불어오는 고향의 진한 향기

문신처럼 새겨진 설움에 울컥한 가슴 뒤돌아보니

한 서린 고난 하얀 눈물 꽃으로 피워내며

망망한 바다를 향해

숭고한 의식을 치르고 있다.

나팔꽃 정분나다

아버지 등지게 보릿고개 넘을 무렵
부지런한 수탉 홰를 치면
다 큰 처자 사립문에 가둬놓고
어머니 밭일을 나가신다

온 마을에 울려 퍼지는
발정 난 장기소리
숫처녀의 여린 가슴
보라 빛으로 흔들어 놓고

연미복 반지르르
이 집 저 집을 오가며
애꿎은 심사 휘파람을 날리면

정분난 숫처녀 고삐도 잊은 체
살금살금 숨을 죽이며
급기야 금기의 성 담장을 넘는다.

석류

가슴 속에 묻어 둔
그리움 하나

한여름
고운 얼굴 델까 손 내밀어
따가운 시선 가려주면서

서늘한 바람이 갈 볕을 몰고 와
가지 사이로 드나들던 날

땡감이 노랗게 물들고
그리움 알알이 영글어
배돌아 벙글어지면

성스러운 옷깃 하나 감싸고
초야를 치르는 여인처럼
숙연한 그대 손길에
참았던 그리움 뜨겁게 녹아내립니다.

제목 : 석류
시낭송 : 박태임

스마트폰으로 QR 코드를 스캔하면
시낭송을 감상할 수 있습니다.

단풍잎

눈을 뜨면 격변하는 세상 속
살아 숨 쉬는 모든 것들은
존엄한 자연의 섭리
범사에 소명이라 여기며

아름다운 도약
하늘 아래 서로 공존하며
세상을 향한 젊은 혈기
오색 찬란히 꿈을 펼쳤다

노을이 드리운 가을 벤치
초연한 날개를 접고서
맑은 영혼을 누인다

생의 마지막 여로
피안의 길에
숭고한 의식을 치르기 위한
무채색 영매를 기다리며

구절초의 소망

진자리 마른자리
갈아 누이던 손길
뚝 땡감이 떨어지는 소리
상념의 밤 잠 못 들고
두 손 모은 쓰디쓴 밤
온밤을 잠식 한다

굽이굽이 헤쳐 온 길
희끗희끗한 머리카락 짚신을 만들어
이 가슴 하얗게 비워지면
그 소망 이뤄질까

새벽이슬에 몸을 씻으며
상현달 어스름 달빛 아래
간절한 어미의 정성
하얀 안개 되어
사르르 녹아내린다.

칡넝쿨

긴 겨울
땅속 고이 감춰둔 속내
봄볕에 슬그머니 고개 들더니
친근함을 앞세워 불쑥불쑥 눈치도 없이

헝클어진 갈대숲을 헤집으며
까칠한 찔레나무 덤불에
적잖은 너스레를 떤다

대감소나무 문안을 핑계 삼아
꺾어질 듯한 허리춤을 휘감으며
머리 꼭대기도 모자라 치켜세운 촉수
하늘까지 점령할 기세로

구렁이 담을 넘듯
넙죽넙죽 다정도 병이라
설치는 오지랖 온 산을 덮는다.

찔레꽃 필 무렵

어설픈 끼니를 때우고
허덕허덕 논과 밭을 오가며
돌담 밑 쪽 그늘도 바람에 내어주고서
청보리 허기진 고개를 넘느라
넘실대는 힘겨운 파도에
오월의 푸른 들녘은 누런 멀미를 한다

보얀 감꽃 목걸이를 걸어주던 언니들과
푸른바다를 가르며
어머니를 만나러 가는 길

콩밭 매며 부르던 큰언니의 빨간 해당화
쪽빛 바다를 뒤로 기다렸다는 듯
눈시울 붉히며 달려와 반긴다

솔밭 사이 불어오는 고향의 진한 향기
문신처럼 새겨진 설움에 울컥한 가슴 뒤돌아보니
한 서린 고난 하얀 눈물 꽃으로 피워내며
망망한 바다를 향해
숭고한 의식을 치르고 있다.

냉이꽃

봄볕이 따사로운 날
부소산 아래 여고 앞 골목길
저녁이 되자 삼삼오오 깔깔대며
고만고만한 언니들이 우르르 몰려나온다

석축에 앉아
교문을 지키던 진달래
입술을 달싹이며 말을 건네 보지만
곁눈도 주지 않고 시끌벅적 지나간다

가진 것은 누더기 몇 잎
서당 앞 풍월을 읊으며
훈풍에 투정 없이 앉아 초롱초롱

해거름
봄바람에 방실거리며
깨알 같이 웃고 있다.

동백꽃 순정

푸르던 젊은 날
보송보송하던 연지볼은
만고의 세월을 등에 업고
검붉은 농으로 고이 피어

밤바다 성난 물보라를 후려치고
애꿎은 백설을 쏟아부어도
가슴에 새긴 사랑
오롯이 감내하며

까마득한 기억을 더듬어
주저앉은 자리 군살이 되어
돌아눕지도 못한 채

온밤을 새워
수평선 너머 찬란한 빛줄기
붉은 눈물 뚝뚝 떨구며
임인 듯 와락 버선발로 달려갑니다.

수행의 길

며칠을 두고 내리는 비
젖먹이 엄마를 조르듯
길가 떨어진 나뭇잎 발길을 잡는다

무심히 돌아서는 발길
가볍기만 할까
아침이면 하얀 안개 뒤를 따르고
발길에 차이고 짓밟히는 아픔도 감내하면서

번뇌의 굴레
이리저리 뒤척이며
마지막 흔적마저 바람에 날려 보내고

차마 떨구지 못한 잔재
발자국에 고인 빗물에 몸을 씻으며
기약 없는 수행의 길을 떠난다.

제목 : 수행의 길
시낭송 : 김지원

스마트폰으로 QR 코드를 스캔하면
시낭송을 감상할 수 있습니다.

구절초가 피기까지

그저 늘 그 자리에
기억마저 하얗게 비워둔 채
무뎌진 세월에 애써 감추며

삼천리 방방곡곡 능선을 따라
쪽빛 하늘 유영하는
한 마리 새처럼

역경의 뒤안길
꽃잎 곱게 아로새겨
원도 한도 없이 떠나가려 마

굽이굽이 아홉 고개
손발이 저미도록 모진 세월
여기 오기까지

가시밭 늪을 지나 여명이 밝을 무렵
안개처럼 숙연히 천상에 합장하고
눈물 꽃 찬연하게 피웠구나!

호박꽃

생명을 잉태한 몸
하늘을 우러르며
새벽이슬에 몸을 씻고

초가지붕에 드리운
아침 햇살의 넉넉함으로
삶의 테두리 두루두루 채우며

입가에 머금은 온화한 미소는
모태의 성스런 향기처럼
생명을 품은 태교의 몸짓이리

푸름이 다하여
만삭의 들녘이 고개를 숙이듯
구름에 달 가듯 세월에 수긍하며
바람에 날리는 옷자락 정갈히 여미며

고귀한 숨결 오롯이 맥을 이어
겸손으로 아우르며 살아가기를 소원하는
어머니의 그 어머니처럼
그렇게 한 생이 저물어 간다.

박꽃

반백년을 사는 동안
빠르게 진화하는 시간 속에
소달구지 다니던 오솔길엔
널따란 아스팔트가 누워
광란의 밤 곡예를 하고

메뚜기 소금쟁이 노닐던 너른 들판엔
굉음에 놀라 모두 떠나버렸는지
풀 잎사귀 사라진 곳
바람도 외면하고 쉬어가질 않는데

잿빛 하늘에 호박 같은 가로등이
보름밤을 대신하는 세상

돌담이 있던 자리 철담에 앉아서도
예나 지금이나
고귀한 너의 모습은 변함이 없구나

연분홍 눈웃음에 잠 못 들던 날
빨간 입맞춤에 두 방망이 치던 날
주책없는 이 속내가
청아한 너의 숨결에 정화 되듯 맑아 온다.

덩굴장미

메마른 가지에
그리움이 차올라 손을 내밀 때도
무엇을 말하는지 몰랐습니다

그저 담장 밖
일곱 색깔 무지개를 꿈꾸며
한 발 두 발 세상을 향한
사춘기 호기심인 줄만 알았습니다

분홍 진달래가 감성을 두드리며
아카시아 진한 향기
꾹꾹 심장을 찔러대도
진정 무엇을 말하는지를 몰랐습니다

비 내리는 여름 길목
갈망하던 꿈이 이루어지던 날
눈물 젖은 그리움이
이토록 사무치게 될 줄을…

운무의 향연

광활한 천지
태산을 휘감아 오르는
저 여유로운 숨결

한 치의 부정도
범접치 못할 장엄한 침묵으로
욕망과 번뇌 살살이 풀어헤치며
태산을 밟고 당당히 오른다

둥 둥 둥 어디선가 울려오는
허물을 벗고 나는 새 한 마리
무채색 향연에 박차를 가하고

이 몸도 이미 내 것이 아닌 것
이 땅에 올 때도 그러하듯
가는 길 부질없는 빈손인 것을

동이 트기 전
구석구석 보시의 마음
샅샅이 거두며

제목 : 운무의 향연
시낭송 : 박순애

노란 복수초

적막한 두메산골
인적이라도 있을라치면
노란 호기심에
검은 그림자 어슬렁거린다

몸은 사시나무처럼 얼어붙어
허공을 향해 손을 저어보지만
귀청을 찌르는 칼바람 소리만 떼로 몰려들고

첩첩이 쌓인 회한마저
골짜기에 흐르는 눈물의 기도
아무 일도 없다는 듯
잉태한 몸을 어루만지며
섬광처럼 다가오는 여명의 손길

고독한 슬픈 영혼 앞에
누구의 발길도 허락하지 않는 피안의 세계로
생의 최고의 황금빛 왕관을 빚어 내린다.

빈 의자

차오르는 하루 어귀 중천을 지나
동산에 그림자 길게 드리우면

중년의 수레 덜커덩 덜컹
등이 휘청거린다

임 향함은
저무는 길목 서성이며
서툰 밤길 지날까
향기마저 떨궈 놉니다

골 패인 삶의 무게 천근만근
봄 눈 녹듯 녹아지기를

오직 그대 위한
마음 자락 비워두고서
이렇게!

들국화

푸르던 나뭇잎
불그스런 바람이 들던 날
가슴에 물든 사랑

그리움에 무작정 나선 걸음
오솔길 언저리에

먼발치라도 볼 수 있을까
그대 지나는 길목에 향기 머금고
그대를 기다립니다

노란 은행잎에
붉은 이 마음 곱게 적어
갈바람에 초대하리니

그리움이 밀려드는 날
들 향기 뿌려놓은 이곳으로
그대여 오시렵니까!

낙엽

해가 가고 달이 가도
그대 향한 마음은
등대처럼 하염없이

잔잔한 가슴에
붉은 사랑 안겨주고 떠나는
그대 무슨 심사인지

거리거리 그대 흔적
스산이 부는 바람에
눈물 되어 나부끼는데

무서리에 놀라
서두르는 북새바람에
그대 진정 떠나시렵니까

보낼 수 없는 미련은
그대 떠나는 길목에
이렇게 서성이고 있는데

꽃무릇

한철
잠시 왔다가는 인생길

지고지순한 세월
동구 밖 바라보며
그리움은 애달파
재가 되어 녹아내리고

석 달 열흘 빌고 빌어
하늘도 감동하여
붉은 설움 피워냈건만

엇갈린 인연의 타래
억겁이 지나면 만나지려나

그리던 임은 간데없고
임이 있던 그 자리엔
무심한 갈바람만 서성이누나!

덩굴손

세상에 던져진 이 한 몸
한 세상 하루를 살 듯
한 땀 한 땀
맺은 인연 소중히 여기며

모진 풍파 아랑곳없이
초승달 눈웃음도 못 본 듯
맞잡은 손 영원불변함으로

풍파에 스러질까
음지에 젖어들까 노심초사
바람 앞의 등불처럼

인연의 고리
행복의 나래 향해
꿈을 키워 나간다

영원한 안식의
쉴 곳을 찾아서

저 높은 곳을 향하여

한 올의 미련도 남기지 말자
가슴을 저밀 듯한 사랑도
그리움도 남기지 말자

천상을 향한 길
세속 한 점의 티끌도
동백의 추억마저도 남기지 말자

오직
무념무상 해탈의 경지
소쇄한 진리만이 있는 곳

한 계단 두 계단 고행의 길에
세상 시름 모두 거둬
이 어깨에 지우리

이 내 한 몸 파편이 되어
어둠을 불 밝힐 수 있다면
손과 발이 닳도록
오르고 또 오르리!

화 등

금성산 줄기 타고 흐르다
백마강에 발을 담고
부소산성 마주 보며 내려앉은 포룡정

백제 속으로 시공을 넘나들며
밤하늘 은하수 다리를 건너던
서동과 선화공주의 사랑이야기

천 년을 넘어
연꽃무리 수를 놓아
별들도 총총히 마중하는 밤

천상의 애달픈 사랑
오작교 다리가 되어
한 떨기 빛이 된 포룡정에

슬픔과 고뇌의 사연 안고
천상을 향해 오르는 불귀의 화 등
눈물을 흩뿌리며 뒤돌아본다.

접시꽃

살포시 내린 장맛비가
가문 땅에
생기로 피어나는 아침

그 고운 얼굴은
긴 밤을 기다림 속에
눈물 자국이 알알이 맺혀

그리도 무심한 임이걸랑
흘레바람에 날려 보내지
온 밤을 눈물로 지새우느냐

네 고운 순정에
슬픈 눈물이 애처롭구나
잊지나 않았는지 무정한 사람

슬픔도 잠시
내일도 넌 연지 곤지 찍고서
사립문 밖 임을 기다리고 있겠지!

해바라기

온 밤을 뒤척이며 재깍재깍
새벽 걸음은 더디기만 한데
천둥처럼 정적을 휘감는
발자국 소리도 참아냅니다

그저 생각만 해도 좋은 그대
진종일
그대 향기에 취해 있는 나

긴 기다림에 눈썹이 하얗게 셀 즈음
먼동이 터오면
따스한 온기만 남겨 놓은 채
무심히 떠나버리는 그대이지만

나 오늘 밤
그대 곁에 머물고 싶어요.

찔레꽃

긴긴날 뙤약볕에
콩밭 매던 울엄니
곱던 손은 더덕더덕

논과 밭으로 헤매는 일손
하루가 열흘 같이

가시를 뚫고 피어난
장독대 옆 하얀 찔레꽃
울엄니 맘 같을까

구불구불 논두렁 길
광주리 이고 들고서
새참을 나르시던 울엄니

지금쯤
내 고향 산막골에도
하얀 찔레꽃 피고 있겠지!

동백꽃

사무친 그리움
한 잎 두 잎
빨갛게 멍이 들고

푸른 잎 사이
숨을 죽이며
이제나저제나

바람에 뒹구는 잎사귀
임의 발자국 소릴까
살며시 귀 기울이면

커지는 가슴
가눌 길 없어
그리운 눈물만 뚝뚝

애타는 몸부림은
바람결 따라 동구 밖으로
길을 나서 봅니다.

무창포 신비의 바닷길

검푸른 쪽빛 바다
반짝이는 은빛 물결
잔잔히 부서지고
구원의 손길 임이 오시는지
바다마저 숨을 죽인다

스멀스멀 드러나는 꿈
밀려오던 파도 서서히 쓸려가고
이리저리 앞을 다투어
저마다 양손에
빈 수레 욕심껏 들고서

신비의 그 길
용궁 속을 향함일까
부푼 마음 한 발을 내딛고
손끝이 닳도록 파고 헤집어보지만
꿈을 좇던 그곳엔
빼곡한 허욕과 까만 허상뿐!

서리꽃

환한 미소 지으며
복사꽃처럼 곱던 얼굴
그저 바라만 봐도
마냥 행복했던 날

수줍은 입맞춤에
빨개진 두 볼은
싸리문 밖
아쉬움에 서성이던
눈빛 그대로인데

하룻밤 새
차마 떨구지 못한 사랑
울다 지쳐 목멘 설움
하얀 서리꽃으로 피었는가

못다 한 그 사랑
새벽바람에 흘린 눈물
천상에서 꽃피우리.

금강초롱 꽃

인적이 드문
깊은 산골짜기 아늑한 곳
나무이파리 사이로
간간이 드리운 은빛 햇살

속세를 뒤로한 채
새들도 반겨주는
양지바른 산기슭에

가녀린 두 영혼
청사초롱 불 밝히고
둥지를 틀었구나

마주한 사랑
생이 끝나는 날까지
영원히 함께하기를

고귀한 사랑이야기
꽃 초롱 주머니에
소중히 담아 보련다.

각시 버선코

안정순 시집

초판 1쇄 : 2018년 7월 25일

지 은 이 : 안정순

펴 낸 이 : 김락호

디자인 편집 : 이은희

기 획 : 시사랑음악사랑

인 쇄 : 청룡

연 락 처 : 1899-1341

홈페이지 주소 : www.poemmusic.net

E-Mail : poemarts@hanmail.net

정가 : 10,000원

ISBN : 979-11-6284-026-9